考古雜誌

葉丹詩集

目　次　■ contents

冷焰：遺民考古以方以智為線雜誌

謠言考古雜誌

真假美猴王三打白骨精考古雜誌

亞洲劇院考古雜誌

佈景師

我感到我的影子在分叉，晾在緯線上，淮河之北，是女真和西夏，再往北是比兵器還冷的散裝部落，地軸在假想裡轉動，與冰岩摩擦的聲音止不住地出血；淮河以南，南宋的皇帝以攻擊的姿勢入寐。緯線像琴弦，馬蹄踏碎了琴聲的骸骨，埋葬它的地方長出九成新的荸薺秧。日曆之門在每個子時翻頁訓練我的聽力，被聲音勒得瘀青的積雨雲因為過度飽和互相擠壓，草原的馬蹄聲在箭雨中快速繁殖蔓延帶著原始衝動，此番景象有悖於進化的語法，冷兵器時代的戰爭每每從邊陲的喪失開始，但劇院裡的屬於例外。

逃亡途中的鐵木真

「要麼是王，要麼是奴隸。」
不再被辱的願望像瘟疫制伏了我。
因對族令的冒犯而遭追殺，

逃回光滑的冰面算是一種喘息。
冰的特權在於它是一種可以
遁形的兇器，啜飲我的體溫，

修改我童年的履歷。我熟悉冰層
之中草的氣味。「草是冰的芯，
點亮冰的透明。」我的寡母

曾用杜松枝挖掘過它們填補胃
之空，草根也滲入過她指尖的血。
「所以草是我有血緣的兄弟。」

由水到冰的膨脹使得它斷裂。
冰是我的避難所，冰窖裡我擺設
祭壇為部落世代的仇恨保鮮。

祖訓說：敵人是最好的學校，
就像一旦懂得貓鼠是最好的聽力
教授，你將從此攔阻在夜的淺海。

蒙古薩滿帖卜・騰格里

緯度越高，越普遍的野蠻，
草原之上沒有遮蔽物，沒有神
可以容身的廟宇，牧民

欠缺神恩的打磨顯得粗糙，
箭頭的互射接通復仇的回路。
我因對部落的焦慮而失眠，

「巫術是一門法學，從咒語中
挑選帶倒刺的詞編織一部扎撒。」
隆冬的夜晚我裸行於風雪，

冰原之上，一尊脫去凡胎的神
手持我們所有人的死契
從冰塊中取出透明的力量。

他的胎記剛好拼成至寒的星座，
他是冰的後代，固執、狂熱。
「冰是所有部落迂迴的總和，

是權力的制服，和水共用

一種母語。」羊肩骨上析出

主人的名字：孛兒只斤・鐵木真。

滑冰的反擊者鐵木真

「我曾渴望居住在月亮之上，
那只無人認領的氣球，
她是個嚴格的禁欲主義者。」

可是寄居在我體內的冰命令我
去復仇、去征服。「征服就是
比星球自轉還快。」我將野獸的

蹄子綁在腳底，在冰面上尋找
速度，牠駕馭著我滑行，
足夠快才能衝破部落頑固的邊境，

再次冒著童年蘸滿速度的箭雨，
重溫一次暗示。「雨不停地下，
才能迴避速朽帶來痛苦，弓的顫慄

是牠的燃料。」雪線向南移動，
貪婪的視線是我野心的容器。
「疆域的膨脹只是兌現一份補償。」

箭矢劃過的弧線是我的懺悔室，
「擊中敵人之前的追悔最有效。」
冰在它的繁滋中縫合了所有部落。

雙重身分的航海家

在空間被廢除之後得以倖存，
基於一種對萬物的體恤。
一艘自帶石棺的快速帆船

向西航行，越過更多的子午線
才能比時間衰老得更慢。
面對未知的海，面對這陌生的

語言，目睹日月拷貝自身列隊
投身大海的舞池，又畏縮在
自己的外形裡。無目的的航程，

海浪像是自帶了一臺沒有能量
損失的鉋花機，以泡沫消亡的
速度建設，是浪給予風可見的身形。

「唯有風，浪花才能免於凋零。」
帆影是我灰色的披肩，軍艦鳥
呼嘯著衝向我想要試穿我祖傳的

牧師袍，將我引入它的領地，
被海浪推搡的地平線從不斷裂，
直到帆船找到那缺口，它就是

航線和海岸搭成的十字架上的
釘子。「我隱瞞了船槳的蟲眼，
因為我曾拒絕向風的傲慢屈服。」

蒙古派往南宋的使節

接到戲文的任命，就著換幕的
空檔，我從亞洲劇院的舞臺
走下來，來到觀眾的情緒之間。

嗅著絲綢編織的黃金路線，馬蹄
濺起乾燥的陸港和流動的風俗，
我對照草圖校對著破損的地貌。

劍鞘像通關文書打通了版圖的
穴位。「權力分泌的潦草墨跡
幾乎是虛設的。」在所有庶出的

州府，「衣著講究的地方官員
無心批覆公文，受惱於雙下巴
會影響到晚上同僚的劇院宴請。」

酒局延續到皇帝臨時安居的城外，
暴露上身的縴夫是有宋的發條，
緊咬著牙，害怕悲哀從口中

溢出，低著頭，用目光在胸前
澆鑄淤血的勳章。城牆高壘，
它是物化的悔恨、被動的悔恨。

隨皇族的衛隊南渡，城內的佛寺
塞滿了來自北方的受難的星宿，
「兩種秩序的交疊像一種絞刑。」

受挫的傳教士

對宇宙失序的憂慮，我獻出的
一生恰好是福報降臨的前夜。
在神恩的擔保下我虛構了自己，

一個色目人，像鐘擺一樣忠誠。
隻身來這孤島翻譯經文，
像是實習醫生移植上帝的器官，

「譯文是允許瑕疵的，如果它
仍然是我存在的孤證。」
漢地的醫生用銀針給病人驅魔，

佃戶只顧低頭模仿牛畜耕作，
拚命的喘息占用了教義的空間，
根本無法嵌入轉譯的人工呼吸，

像一株瓦松缺少扎根的深泥。
什麼樣的顏料適合給已婚的傳教士
上色，妓女的纏足多麼精巧，

像一艘擱淺的船，使命的岸線
在逸樂中消退，聖器室遭受玷汙
使得禱告失靈，「我辜負了海。」

御前畫師馬世榮

「開封是我的出生地，繼承祖業
而移民。」磨掉口音的籍貫，
我是皇帝的寵物，穿著陳腐的綢緞

出入，皇宮是一個人造的磁極，
有人燒窯，有人雕蟲，加冕的美
像被植入了墮落的基因跌入險境

不會因為年號的更替而有所改善。
我嚴重的口吃又使悲劇重演。
我移植這些袖珍的山水，這些

不可征服的風物加重了硯池的焦慮，
直到畫中的野鴨飽食加急的軍情
而白腹便便。羽毛的光澤隨記憶

褪色，因為返回出生地的驛道已斷。
陪著皇帝徹夜帶著泳帽塗鴉，
直到蠟燭引燃了他眉上的積雪，

所以絹紙泥濘，就好像鹹潮偷偷
倒灌進了錢塘灣，我抬頭緩解眼花，
望見北方作亂的星辰各有其性別。

繼承父業的馬一角

我接班勾描父親未完成的絹畫，
野鴨的糞便裡有不曾消化的
前線消息：一個滑冰的蒙古王

向南迫近，厭食的聽診器
不滿自身心緒的錯亂，遷怒於
皇帝的脈象。宦官畏縮在宮廷

猶豫的格式裡，以繡花的團扇
不停給這個消息降溫，並在
無線電波裡稱量奏摺的語氣，

協調它的尺度，甚至讓它變透明。
「消息沒有自行消亡的權利。」
它窺視著我，哄著我，比我還

害怕失寵。我要畫更大尺幅的畫，
更多的留白，來稀釋皇帝遲疑的
形象。地基被螻蟻蛀空的城牆

越壘越高，像賭徒在最後一局
以命相搏。美在真空的硯池裡
懸浮，等待攜帶宿命的外力來蘸取。

被罷武官的諫書

陛下：□□□□□，□□，□□。
□□，□□□□□□□□□。
□□□□□□，□□□□□□□，
□□□，□□□□□□□，□□□。
□□□□□□，□□□□□□。
□□□□□□□，□□□□□□□□
□□□□，□□□□□□□□□□
「□□□□□□□，□□□□。」
□□□□□□□□。□□□□□□
□□□□□□，□□□□□□□□
□□□□□□□□□□□□□。
□□□□□，□□□□□□□□□。
□□，□□□□□，□□□□□
□□□□□□□□□□□□□
□□□□□□□□□□□當務之急。
不能離燈臺太近，以免點燃我的刺青。

（根據大宋法規和政策，部分內容不予顯示。）

盲目琴師袁太道

何其殘忍，我幾乎在異鄉度過了麻醉師的一生，
盲目多年，何嘗不是一種幸運，和李易安一樣，
我也來自淪陷的汴京，我要唱一曲她的遺作——

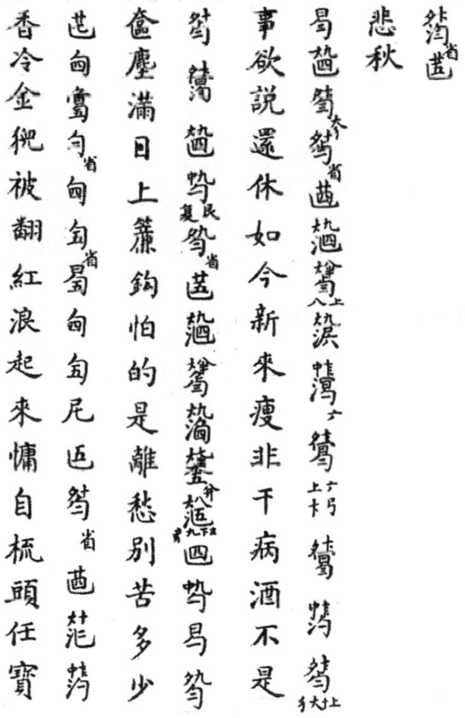
悲秋
事欲說還休如今新來瘦非干病酒不是
奩塵滿日上簾鈎怕的是離愁別苦多少
香冷金猊被翻紅浪起來慵自梳頭任寶

▎本琴譜改自《琴曲集成》

使節臨走留下的手記

我要置一身得體文雅的漢服，
免得我像髒雪那般醒目。
廛市上低矮的事件，繁榮的

氣味像磁石吸著馬刺和我
袖袋裡的鑄幣。月亮並不是
臨安城唯一的公共照明，

綢緞商販的妻女挪到油燈下
繼續在絲面上尋找她的上帝，
每晚都有一頭鯨魚從她的指尖

游出。「臨安多像個染房，
儘管漏洞處處。」皇冠的高傲
在褪色，但如果貌美的妻子

是一種積蓄，那南宋皇帝仍是
富有的，西湖都可以是公主的
嫁妝，婚禮當晚，我酒醉後

洩漏的母語命令我返回北方
述職，像春天攀援緯度的階梯。
來時的戰馬被江南抹了胭脂

虛弱得無法夜奔，「哪裡是合適的
起點？錢塘灣裡，蒙古人
仍欠亞洲一座破冰船船廠。」

收拾殘局的劇院看守

「我的影子在分裂，戰線是我
沒有血色的傷口。」為了讓
場景趨於真實，佈景師毀滅了

自己獻出身軀。觀眾夾在兩道
幕布的危險之間，不在場的
鐵木真左右了今晚劇場的空氣。

舞臺被演員虛構的馬蹄踏破，
過多的打鬥使觀眾陷於疲憊的
座椅，沒有空間給演員謝場，

幕布拉下的同時我掀開入口的
門簾，使節率先走出，帶著
他的妻子，那位被嵌入和約的

公主，傳教士經過我時沒有驚動
門簾的流蘇，馬一角在文官武官
散盡後攙扶著兩位前輩走出，

這些美的寵兒布滿血絲的眼球裡
塞滿了遺憾。劇院裡仍有馬的
鼻息，害得我快速地合上了大門。

月亮照著我回家的路，經過公主
沒有帶走的西湖，水中的弦月
穿行在浪間，好似一張奔跑的婚床。

2019-05

奔月考古雜誌

佈景師

沒有蟲眼的太陰高懸於東半球的夜空，醒目如真理，照耀著
浸泡在方言之中的地球，被神話佔領的星球起伏，證明引力
並不像剃鬚刀般鋒利。低溫的月亮無故障地運轉，沒有噪音，
但它從未對身形感到滿足，不停地漲盈和衰微，修改著海灘
的形狀。月亮像枚無用的圖釘置於虛空之中，即使是太行山
一帶最出色的獵戶也無法戒掉虛無，牽著月亮外出尋找隱身
的星座之神，他的妻子嫦娥走到屋外，月光翻過院牆將她屈
從於夏天的身體雕刻得越來越纖細，假山向她傾斜，似要耳
語：月光是種素食。但假山的影子是真的，它複製了額外的
領地。一頭經馴化的野驢停止了占夢，脫掉鞍具在草棚下效
仿牛的姿勢入睡好似枕畔有雪，石磨空轉抹勻了月色的情緒，
也為了維持了磁場的溫度，仿佛美在格律以外也可以自治。

籠中鸚鵡

我是月桂樹的女兒，自散馥郁。
編織草鞋為生的養母將我
許給太行山一帶最精湛的射手。

我無愁衣食，無須在勞作中蒸發
自己，我的丈夫能帶回中箭的
山雉和五官不全的野獸皮毛。

引來眾多附近的青年獵手登門
求藝，他們在粗糙如草圖的院中
壘出一座假山用來迷惑野獸。

閒居的日子像葵盤般沒有虛隙。
妝盒盛滿花瓣之前，家僕提來
曦光篩選過的井水，梳子沾到了

劃過窗臺的那只新燕的願望而陷入
閨怨的循環。薄到無法分層的
陽光均勻地塗抹在地板上，沒有

起皺，像個隱士。我要回到床上，
暗紅的床沿，它多像煮熟的玫瑰。
「但我最需要的是解悶的鸚鵡。」

破戒的太陽

海底籠居著十個太陽,被掛在扶桑的
枝上,每天釋放一個出來輪班。
「太陽曾像臺繅絲機,抽出均勻

且從不扭曲的業力去餵養不通電的
小麥,為了治癒我胃的饑荒。」
「要讚頌海的戒律和它們的克制,

以及對那缺乏彈性的工作之忍耐。」
但伏羲沒能管束好他的十個兒子,
它們打破了囚籠,一齊登場。

光線超常的劑量讓季節的齒輪抱死,
地球的蒸籠在高溫之中轉瞬衰老,
「緯線鬆散,它是看不見的繃帶。」

「石頭停止了呼吸,再也沒恢復。」
所有的樹葉都被拿去向火投食,野驢
最後一餐吃的是滋生幻覺的觀音土。

四季再無分別，火焰代替牧歌升起。
江河斷流引得指尖的漩渦也一併消失，
鮭魚游不回初生的淺溪繼續漂泊。

琥珀

這裡是猴年，冰雪的宮殿在茶盞
和床底的水窖裡同時鬆動，
這是最後的積雪，來自它炙熱的

內心。屏風上的蝴蝶倦於搖曳，
爐邊的雪是去年的，糾正著屏風
中央蝶衣早春時所刻漣漪的唇形。

沒有日夜交替，就沒有露珠虛擲的
鳳冠，就沒有露珠殉道般的
清潔，它慣常傾注夜晚全部的神聖。

「為了保留回憶，災難需要發明
倖存者。」我的居所免於焚毀
好像琥珀，似乎這特赦是緣於假山

遞來的投影。「琥珀是死神的
猶豫。」不能再射出箭矢，否則琥珀
會石榴般崩裂，儘管光線像樺頭

鉚得這琥珀越發堅固。我的丈夫
出征射日已有半月，他留下的足跡
長出了苔蘚。「它們以氣味為食。」

難捱的暑日

木窗半開，光線之槳像雜技演員
那般拿捏有度，從西面的梳妝檯
划向東邊空空的婚床，一天恰好是

一個滿槳，划在打結的節氣之鏈上。
光線也投射在赤裸的菖蒲上，
和鏡中的疲憊一起壓彎了它的細葉。

孱弱的蒲扇以它的翕合為我佐食，
光的灰燼令椅子變矮，它的弧線
像是暗示，「光的扇面閱讀我，

考察我，直到新氣候在焦慮中成形。」
午睡的時候，我曾在夢裡溺水，
醒來臉龐濕透，支援了水窖的刻度。

汗珠發明了一個新枝，滑向乳尖，
「乳房，那遮蔽的雙塔，那靈敏的
按鈕。」最後滴落在挽起的褲腳裡，

救活了那顆依附在針腳上的蟾蜍
幼卵，「汗珠在滑行的過程中
降溫，所以蟾蜍註定是冷血的動物。」

射日

伏羲的十個兒子像邪教徒一樣執拗
令地表持續高燒，全部羅列在天空，
像是棋聖未經斟酌的低級失誤。

山林毀盡，野獸沒有了藏身之所，
柳枝的靜脈塌掉了，河流的斷絕
讓它像個孤兒一般無法它證。

但我這個兼職更夫，不能沒有黑夜。
我是個熱愛飲冰的人，不能沒有
冬天。「這令人膩煩的冗長夏季。」

帶上我的彤弓和素箭，儘管我上肢
強健，但只有羞恥才能將弓拉到
極限，箭尾插上大風鷔的羽毛增加了

箭的射程推著它捅破雲層，箭頭
因願力的偏方而免於融化，依次擊中
九個太陽，九隻三足的烏鴉

從天落入遍佈語言的人間。從此，
失去同類的太陽再也無法生育。
「宇宙多寡情，滿是漂浮的孤兒。」

口信 1

我是蓬蒙，羿的信徒，轉述了
一封沒有因高溫而走形的口信，
伴雜著我結巴結巴震動的顫音：

「師師傅射日有功，被西西王母
請去赴赴宴，師師娘不必擔擔心。」
我推開門，撞見師娘側倚床沿

沉思，久違的晚風也不能濯淨
我的本能，我的未經審查的視線
在她的身上冒險：她的半邊面容

疲倦，像是剛哭過一場，上衣
被水浸濕，彷彿剛從泳池歸來，
恰好劃出一道最完美的輪廓。

她抬起頭來看我，目光相遇。
我退回披著月光的假山，繼續練習
射術，但氣氛裡有師娘的體香，

還有她月光般的肌膚。我多想

重複那個口信，甚至想篡改師傅的

結局。「月亮孤零零的，似在求偶。」

口信 II

他叫蓬蒙，帶來了羿新鮮的口信。
他推門進來時，我剛從溺水的
夢中醒來靠著床沿的暗紅調整呼吸。

我感到他情欲的目光，覆蓋了我
外露的肢體以及凸起的部位，
光包裹著我，讓我的赤裸不斷加速，

像山洪一樣幾乎淹沒我，甚至
僅憑目光它就能解開我褻衣的
繫繩，他的眼睛像極了黑色的海。

我抬頭，目光的相遇點亮彼此的
黑暗，「在已知的錯覺裡，相逢
是最短暫的。」目光啃噬我們，

留下短暫的無法消化的沉默。
「目光是不可回收的，也不能修改。」
窗外，晚霞沉湎於充血又疲軟的

遊戲，我渴盼信使帶來新的口信，

最好是沒有內容的口信。

「一種預感加入並攪動了我的氣息。」

瑤池晚宴

西王母言我射日有功，邀請我
參加設在瑤池的天庭晚宴。
「崑崙那麼高，是雲的故鄉。」

雲征服了引力無須藉助外置的
發條，浮力舉著宴廳，風吹拂著
天庭的安逸，白雲自顧自翻湧，

我像手持一架天平般小心探步，
步履之滑稽，好像深陷積雪之中。
雲白得好似仙人個個都有潔癖，

就連晚宴的餐桌都無落地之處，
酒器也新到不接受比較。宴會的
主人，善惡的仲裁者，虎齒豹尾，

她手邊的燻爐冒出的煙白到了
潔白的巔峰。她右手安撫著
腰間繫著的野蠻的黃河，另一隻手

賜給我一粒金色的不死的仙丹，
「需滿月時兌酒服用才靈驗。」
但思鄉病敗壞了我今晚的胃口。

夜雨 I

我總是天明即來，無心向那假山
問道，繞圈子，像謀劃政變一樣
不安，石頭沒有給我支招，它沒能

甦醒。氣溫的跳水帶來了重逢的雨，
它凝視著我，給我注入推門的
勇氣，我脫掉棕衣，帶著口信的

空殼而去，連一個假音都沒有
塞進去。她散髮，只穿了褻衣，
她的肌膚助燃了火，染遍我全身。

欲望的血管決堤了，領著我
衝入了峽谷的迷宮，像我這樣的
採貝新手，潛入不容氧氣的深海。

我將不能抬頭，上方全是唾沫，
不會再浮出水面，倫常的錨
將我釘在海底。她重濁的呼吸

淹沒了雨聲和一個帶腥味的
動作，發燙的噴泉熄火後，月光
已經投射在她雪般白的肌膚上。

夜雨 II

他健壯，卻不會杜撰一個口信。
整日用足跡纏繞假山，「旋轉
形成的磁場吸引著我目光的屑。」

我摘掉了假髻，散髮以告別
這最殘忍的夏天。重逢的雨終於
來了，帶著它的風暴眼在逼近，

代替口訥的人來敲門。他捎來
詞義含糊的句子，又以避雨
而暫留——直到我的褻衣鬆落。

對本能的防守終究是失敗了，
「那探路的硬物，笨拙如學徒。」
他的喘息蓋過了蟾蜍的高音

和我的痙攣。火終在不息的雨中
熄滅，今夜的雨彷彿害怕留下
任何痕跡，懷著一種虛無的動機

落地的瞬間都化作了輕煙，沒有
遺址。雨滴之中有一滴雨懸在
椽尖，彷彿試探著我悔意的深度。

飛天

如果今晚是滿月，我的悔意
可達五畝。古老的雨再次落下，
這麼多雨，沒有一滴能接納

我的不貞，我的丈夫從瑤池
帶回了不死的仙丹，它不能
溶於我的不忠，就像蟬鳴

無法匯入假山的倒影。「除非，
用這仙藥洗滌我，但必須
去一個終年寒冷的星球暫住

才能抵禦藥的熱力。」我服下，
地心引力隨即鬆綁，騰空
衝入天穹，這布滿倒刺的斜坡。

奔月是最短暫的旅行，容不下
第二種飛天的姿勢。我好像
被繫在一支箭上，它拉直自己，

沒有速度損失。「我登陸荒蕪的
月亮，為了讓它更像一面鏡子，
我必須住在自己的鏡象裡。」

廣寒宮的寄居者

我感到兩種相反的引力在拉拽，
直到我降落在這滿是生土的
星球，「是引力的博弈將月球

打磨得這麼光滑，它在旋轉，
隨時要將我拋入空蕩蕩的宇宙，
我必須像薛西弗斯那般日夜清醒。

回望地球常讓我的內心翻湧：
「地球那麼遠，像個句號。」
黑和白平分了它，月光壓住

琥珀的屋頂像忍住淚水免得
被眉毛下水池的風暴掀翻。
「如果月光真的是水，為何

無法兌稀懊悔的濃度。」羿把
我的失貞存入神話的銀庫裡，
吃道德的利息，「潮汐是最後的

牽掛。」好在月亮的盈缺不以
寄居者的衰老為代價，但月亮
像手術臺，處於永恆的麻醉。

孤兒般的蟾蜍

我隨寄主飛天而來，在道德的
拘禁中，帶著僅存的地球記憶。
我曾因他者的哭泣而存活，

我的皮膚獲得了乳房的光滑。
我是個孤兒，像無花果一樣
擁有無法考索的身世。我的血液

因為沒有姓氏而冰冷，在液體
恩賜的黏稠裡喘息，在缺少
同類的猶疑中長出骨骼和失衡的

四肢，反駁並修正自己的身體。
「我的記憶徘徊在褲管的迴廊裡
因缺氧而拒絕腐爛。」一整夜，

我每呱鳴一聲，就多一顆星子
埋入虛空，「那是我聲音的骨骸。」
我朝著那半明的星球，像緊挨著

人間的壁爐，就好像會有人徹夜
不眠，只為將火苗扶正，顧不得
擦去那滿臉早已冷卻的灰燼。

薛西弗斯附體的吳剛

我有了新鄰居，她是新的證據
佐證我沒有被處死，只是被
流配至月亮，因為天帝也必須

向自己的把柄服軟。「即使入了
仙道也不能抹掉過往的汙點。」
我們位列月桂的兩側，以桂枝的

顫慄為食。我繼續用這雙刃的斧，
發明樹傾倒的支點，只要藉口
被縱容於循環的溫床，只要斧刃的

意志之中仍夾帶著雜念的折扣，
傷口就會在下一斧來到之前自癒。
「喘息積成兩鬢之白，是不是伐桂

本身就是命運的訛誤。」我們費盡
力氣才能留在原點，如果不較真的話，
重複的勞動無疑是最惡毒的懲罰。

「只有一柄無刃的斧才能將這桂樹
推倒。」我不會慶祝，我將揀起
月桂的枝條編一頂桂冠獻給這奇蹟。

2019-9

冷焰：遺民考古 以方以智為線雜誌

佈景師

煤山的落日像是為那棵槐樹啓用新的紀年法而配備的靈敏按鈕，它因超載而面露蒼白。耽溺於手工的皇帝陷入剪刀的猶豫中，他擁有天下，獨缺後悔藥。這是從未彩排過的儀式。樹枝的晃動傳遞至京畿所有自詡高貴的神殿，它們的房梁為故事而刻下的精細鏤空所增加的表面積稀釋了悲哀的濃度。暮光像是患了瘧疾一般疲軟地降臨衰微的漢語都城。農民的長矛引來帶刃的關外冷空氣，剪斷了要隘的韁繩南下，像個格式刷碾過不能反悔的朱明帝國，它像艘斷了楫的夜航船，命運早已不在自己手上。相較於帝王的死，帝國的覆滅要漫長得多，好似拉鋸一段原木。失蹤的禁衛軍收藏悼詞，你撿起一只碎花瓶的所有花瓣期待他日復原，但沮喪在負重下發芽，「沒有語言就沒有不幸。」

南渡湊泊

城池接連失守，像多米諾骨牌般
染指慣性，扇形的邊境線多麼
像是滿族的巨弓，沒有緩衝
迴旋的地帶，我失落的陰影面積
在版圖畏縮的過程中膨脹，
「回音的稀薄正是沮喪的源頭。」
一段殘樁絆倒我，而暴民的斧鉞

揭露我的踝骨，經過沒有炊煙的
揚州之後，我發現所有的道路
全都簇擁著南京城，這條艱窄的路，
它克制，一如我短暫的仕途。
隔著長江，雨點的箭矢卸掉制動器
壓迫著城門，圓釘脫落的鼓皮
和僵直的旗幡在戴著高帽的宦官

的組織下還擊越過江面的矢雨。
「阮集之從不伸出雙手，我猜他的
腋下早已備好了措辭恭敬的降書。」
在殘局的頹敗中，寄身於一枚

內核腐爛的果子是種不良的預判，
在權力的汙池中短暫地滯留，
在動盪與喧囂中，他人不齒的

構陷也讓我羞愧。也不必美飾
狹隘而無能的新王，「復仇仍是
宮廷的風尚，儘管對岸的號角
直抵眉毛。」這是一艘漏水的船，
為了保全花瓣，我一再退讓，
投宿西湖的路上，我撿到一顆
骰了，它的表面刻著八種結局。

陳子龍：在西湖重逢

密之，穿越江左滿是汙點的荊叢
我們重逢於西湖。就在那你我
初遇的仲夏，我折服於你落紙生花
用晚霞改裝了當日的北高峰，
儘管我們學詩之道上略有分歧。
如今，我將殘缺的疆域圖貼於
客舟，讓它也嘗嘗烏托邦的苦澀。
我痛恨偏安的新帝，因此燒掉我

報廢的經世詩稿。「西湖是臨時的
中轉站，它因為痛苦的重疊而
變稠，像是淤血。」我們像寒蛾
麇集在由湖水虛構的月亮周圍，
「漸深的雲朵映在水上，像層灰。」
它雖然精通圓缺的變化，但不提供
心法。戲臺空了，張陶庵已落入
貧困，他裁雲剪水縫製寒衣，

假裝逍遙。烏桕的紅葉隨著波浪
在前進的邏輯假象裡上下起伏，

一如我們的扁舟，但波浪真的
在赴死，躍向岸的懸崖。痛苦
在巔峰之處被言辭重複，放大了
你我的失落；另一片葉墜落，
拒絕腐敗以輕薄之身給爐火補給，
「樹葉退盡，西湖處於悲哀之中。」

密之，如果這不是最後的合影，
但願重逢時我們不必相擁哭泣。
「月照故人心，告別最艱難。」
烏雲在我們不間斷的惋惜中變濃，
星星投湖自盡，西湖黑暗一片。
失明的北高峰佇立像受縛的天使般
虛緲。「雪就要來了，你得連夜
起程，以免在雪地上留下航線。」

「無論雪怎麼變節，西湖都不會
挪動它崇古的脊骨。彷彿它的
使命就是兌現你未竟的天賦。」
今晚，雪的另一個名字叫告別，
它將鋪滿西湖以外的露地，湖水
繼續據守著湖床，沒有避讓的
意思，「西湖像個不妥協的傷口。」

嶺外流離

背負太多的合影，我是痛苦的
交集。遠離故國被雪擠壓的
領土，我是不可攻破的飛地，
我的腳掌就是流動的國土。
「大庾嶺保護著我的時空知覺。」
讓我有機會尋覓避難所般的
島嶼，一座與政見絕緣的島嶼。

不似我膏粱的早年，流寓中
我沒有行李的沉滯，踮足而行，
像走在雷區，回避亂軍的礁石，
「我多像一根受潮的火柴。」
一路往南逃避，緯線被日照
拉伸，並因蘸滿雨滴的焦慮
而變低垂。「逃亡是為了維護

方言的純度。」它時刻提點我
無論坐臥都要面北，鄉愁的紡錘
變細，它包含一種不求回報的
犧牲，類如母愛。「時常溫習

方言能消解部分痛苦。」苗地的
閣頂比江左一帶的要陡斜得多，
因為頻仍的雨水，四時無誤地

席捲我，好比無數個冰冷子夜，
我模仿蟲蛾，用最小的刻度呼吸，
內心的灰暗籠罩著群山，牠們
在長夜的威迫下變矮，加入
血統的沒落。甘蔗露出最新的
關節，牠自學獲得了斷代的能力，
壞消息逆行，像是忠告，牠們

命令我沉默。我在植物倫理的
引導下隱逸，研製一個良方
醫萬古愁。「時間鏤空我的意志
之柱，不曾有歇。」但嗜血的
八旗兵不留盲點的輻射逼迫我
披緇，棲托山間，「中興的時機
在熱情的淡薄中消逝，淪為幻覺。」

錢澄之：不與龍同眠

我鬆開拳頭，從冠帽回歸至山陵
裏挾的田間，用手掌重溫山水的
綿延，像名因傷退役的將軍
憐憫自己的舊疤。「我逆行返回
灰燼之下去取一粒本原的珍珠。」
我用舊尺度裁量風物，看山林
掉漆複又返青，從不露出悲哀。
現在，我終於可以扮演我自己，

在專為死亡製作加冕服的裁尺
從桃樹內取出之前。但萬物提醒
我的本能，不能刪除的沮喪
混夾在淤泥之中，農夫的長辮
積蓄了普遍的動盪和赤貧。
「這一定是飽受詛咒的山河。」
清晨，我在自家的田間來回
獨步，裙邊嵌上了無名的薤露。

我種山種水種穀物，杜撰炊煙
覆蓋權力遺留在草尖的腥味。

夜晚，我鋪紙建築祈禱和回憶。
「回憶是長夜的另一個通氣孔。」
有些朋友改掉了易怒的毛病，
就像衰老的雲朵並不能兌現
雨滴的銳志。密之，你來得正好，
面目不改的龍眠山埋著我們

不可復原的往日，我總覺得你
像張波斯地毯般龐雜。我早已
不與龍同眠，否則浣女的釉面
會無端回潮，析出舊的臉孔：
那些歿命的朋友，被囚的朋友，
被攏絡在對襟馬褂裡失節的
敗類，是他們引導權力的錘
將你我擊碎為不能相連的群島。

覺浪道盛：託孤

拋棄了參照物，我從森嚴的人群
返回，「人群即絕對的日常。」
學會由察時到時時，在氣數的
變易之中觀察糠秕兩極的距離。
將近逝年，我的同儕不在懸賞榜，
就在訃告帖，不斷移動的扇形
邊境線抽笞著我，嚴苛的氣象
迫使危弱的香炷催促我尋找法嗣，
識得灰燼的人。「日月爭著發酵，

道即使無法被冒領也令我擔憂。」
我因慣用禿筆寫字而落入文字的
監獄，詞語是我的歸宿，所以
我並不急於從中脫身，「監獄也是
一種道場，一份加持。」在那裡，
你頭次見我，我在監室的屋椽下
接瓦縫間漏下的雨滴給雪人投食，
推算晴雨表，你瞬間看懂了我
拳頭裡握著空，「木枷源自樹木，

而樹木在長夜裡是沒有起源的。」
你也看出監獄有無數的側門
而我不想動用它,你甫啟齒,
口音耳熟像位故人,你沒有發覺
我沸騰的心。所有的訪客之中,
只有你適時地忘掉了來時的路。
你也曾居夷處困,面如殘月,
有立人極的相貌,你向我交出
經世的心,在秩序的引力中完成

自救。我還你一劍,脫去枯死的
枝蔓,佛道垂憐你。當心異見時,
方能將桃枝嫁接在李樹上。
「怨即復甦,由怨入正,照亮
魑魅,照出你的豹變。」是時候了,
所以我當日招你入室傳燈,更像
是在託孤,你當成為一座擁有
三極的天體,有緇衣為你鋪好
退路。從此,你不必再偽裝成旅人。

錄冬的人

道盛師像個撐船的人，遞我雙槳，
教我如何給莊子做船工，木槳
來注我的手掌，打通我的隧道，
去解脫在易拉罐裡急於發育的閃電，
帶給我有限的體溫，我的耳道裡，
一臺無名的砂輪機在收割火星
稀薄的轉速，它把我打散成方塊字。
我是水淬過的冷焰，啞巴的雪人

也曾訓誨過我，教會我克制起伏。
離開天界寺之前，我將冬灰埋在
玉蘭的根下，「我偏愛它巨大的花瓣。」
我回到未了的青原，護佑我的
星座就來自那裡，受難的雲蓋寺
也在那裡，我舉目使得青山盡白頭。
雲朵擦拭著塔尖，它勸慰我不必
將眼淚浪費在寺院以外的連續歎息。

我掃塔，辨別附著在浮雕之上的
聲音，描補舊字跡的同時重讀

往日的自己，我的手心酷似泉眼
吐納大海的枯榮以手繭變硬為代價，
我還探測到體內有一種未開發的
合金礦，它唆使文字重新載道，
預製永恆的紙等待筆重組它的能量。
直到所有雨的鼓點在我耳畔退盡。

直到溪水中露出更多棄世的卵石，
「彷彿河道只因敘述而存在。」
季候在它極慢的呼吸中脫胎成形，
「季候即無須付費的感官落差。」
我將三根繩子撐成一股實心的
容器，它的超拔讓我無懼噪音的
威脅，這令我想起那位身處危道的
湖湘舊友，他避世，以山為船。

王夫之：孤掌的風暴

「密之吾兄，桂林一別已逾十載。」
社稷的傾覆讓我泥濘，國雖亡而
天下仍在。我暴露於兵劍之下，
我手中的敗葉彷彿仍是有效的
契約，保有向永恆進貢的權力。
密之，是滿道的餓殍阻止我東遊，
「牢固的責任命令我留在湖湘
之間。」我只能隔著群峰之幕猜測

荊棘中受難的同道如星子散去。
我不能適應旁人新的髮型，出走
必頭戴斗笠，腳墊木屐，重新
棲身寒山，「霧照舊由低溫的山谷
分娩，快速散淡，好讓山的脈搏
在示弱中反思。」我的身形不出
荒林，「我明白是局限成就了西湖。」
我抱著孤心而臨萬端，像展開的

扇面，「它的邊緣是條隱蔽的戰線。」
我固守著一株未死絕的檜柏樹樁，

在它一側，我堆壘敗葉為茅廬，
辟一扇窗向著它，幫助它發新枝
直至牢固的樹蔭能遮住窗戶，直到
繁枝誕下白生的鳥鳴，「鳥是不會
在枯枝上營巢的，雖然牠們精通
用枯槁的物件組織睡眠的細節，

尤其是杜鵑。」牠因付出心聲而
消瘦，就好像牠是在為曆書工作。
蔭翳中，鳥的喉嚨摟住所有的
奏鳴向我投擲，「我早已刺蝟般
滿身箭桿。」牠教我用夏種的匏瓜
一破為二，一瓣來舀冬天的水，
另一瓣去求助秋收的新粟米，
今晨，我聽見牠敲擊米缸而成的

空心的回音。我每天磨血來餵養
一支火炬，希望我的心明亮如燭，
以消此長夜，等光明給曲折的萬物
重新塑形，我是刀，也是黏合劑
我手裡握著聽得懂漢語的山川河流，
那以漢字為食的風暴正在生成，
我正是風暴眼。「我並不是漢語的
共同體，而是漢語使用過的遺跡。」

王夫之：孤掌的風暴

文文山的陰影

年過大衍之數，我已不同自己爭吵，
歷遍刀鋒，心跳的雜音也已退盡，
即使噩夢在每條單行道上再現，
「沒有逃避的例外，如極權一般。」
長夜中，紙和筆取代兵戈替我
完成了自救。我感激動盪中的遭逢
塑造了我，某些瞬間，隱約感到神
無聲降臨。我因貪戀永恆的誘惑

在人間借宿，它以輕盈解放了我
形神的重負，但願這不減損我
遺骨的香逸。「它並未被沖散。」
我盤踞而少走，以免牽扯出地名
不詳的鍊條，我知道新的秩序
仍威脅著我，像蒲團下的活火山。
「想起埋葬我父親枯骨的浮山
也是一座火山，但它不顯悲喜。」

像條蛇經過草地留下灰線的證據，
我從南粵的泥沼中走出，曾留下

印跡，「現在，我的航船觸礁了，
因為多年前一個不可考的舉動。」
往事沿著痕跡倒追我，押解著我。
經過惶恐灘，河水洶湧而渾濁，
像是得到了指點，沒有錨地的
急灘提示伶仃洋在我身體中甦醒。

「宿命一般，文文山像件牢固的
披風緊貼著我。」它的影子越來
越濃，「我已完整，輪廓清晰，
無須擔著多餘的羞辱。」迎著河流
之刺，我要以身體破開冰封的海，
將畢生最後一個動作獻給虛無，
「這是保護尊嚴的特例。」這通往
化城的捷徑，是我最後的發現。

米爾頓：另一座失樂園

拉開一半的序幕被復辟的王權拽回，
劇本被撕毀，彷彿佃戶自留的口糧
全是空癟的，失位的光明之子
撤回黑暗中養晦候場，觀眾像星座
被驅散，幕布後的魔鬼像霧霾
在海島上滑行，碾染一切，殘殺
一切光的幼卵，英倫又變回黑暗的
領地，它重新戴上舊制度的鐐銬。

魔鬼在淫祠內舉行虛偽的祭祀，
迷惑群生的記憶以便瘟疫在其中
流行。我過往的著作全被銷毀，
從一個上等天使淪為俘囚，以致
瞎眼的刺客，「詩是我的匕首。」
我仍在此間，神劍奪我的視力，
以此考驗我，黑暗給我的衰老
提速，影子扶疏，蓋住了更多的

懊喪：「乾草叉是唯一的鏽爛的
武器，魚叉製成了教堂的尖頂。」

我總是後半夜入睡，以便群星
集中熱量注視我，激勵我的右腦
雕除我多餘的遲疑。黑暗是刑場，
經歷過它才能走進不死的福庭。
「我變節的朋友們，你不必為此
羞愧而掩面。」在沒有盡頭的

黑暗中，如果不能刺破氣球黑的
專制，就試著改造它。我在上帝
點化過的脫酸紙上營建了一座
不朽的失樂園。「為了恢復樂土的
光明，為了共和國不可奪去的
光榮。」遙遠的東方朋友，你那裡
是否有另一座失樂園重疊我的
失落，像兩支手電筒在暗黑相遇。

方中履：父親的遺產

「所有的後世都可視為道的葬禮。」
我舉著幡，發現原來時空知覺
也是可以世襲的。「幡是一種
座標，有經有緯，聯合它的邊界
定義著我，引領流落的枝葉聚首。」
我重回故園，回到了父兄中間，
雖然父親和我們隔著陰陽的界面。
「流亡這麼多年，我涉足的江河

沒有哪一條與雲端的浮山通連。」
父親留下祖傳的那三畝被遺訓
教誨過的水田及其自帶的數萬朵
稻花，它們以家譜之光為食。
「稻花淡黃色的香氣正在尋找
會收留它的主人。」我額頭上的
蔭翳在加深，因為世間的薄涼
參混在父親的筆跡裡擠壓著我，

滋養我，它能否定甚至越過時間
之審判，我飲下萬物的嗚咽，

專心燒窯並按父親的圖紙建一座塔，
「它是雲端的聽診器。」手掌心的
老繭矯正著我：「身處這個時代，
人需要找回傲骨。」傍晚下起了
雪珠，它像是我的父親，帶來了
飽滿的鼓勵，它責我翻撿敗葉之下

受潮的桃枝、檜柏枝以及荊條，
這三種記載在父親遺著裡的象徵
天然地填充著我焦慮的水池，
「我的指縫裡塞滿了不化的冰屑，
它從不在日光下亮出自己的鰓。」
那由寒枝祖護的火焰是冰冷的，
它點破長夜，在黑暗中支起通道，
「唯有冷焰才能從頑石中煉出

這座三面的合金塔。」它從寒山中
升起，日漸醒目，但只有鬢髮
裹藏著白雪的人才能看見它，
「越是困頓時，它越顯予你我。」
這貧血的塔是你我共有的遺產，
它照耀著每一位投去目光的繼承人。

塔的音圓而神，需要傾心才能
辨認，像是鄰縣一種罕聞的方言。

2019-12

謠言考古雜誌

佈景師

這是一處中古時期的雪崩遺址，現場因為被雪堆掩埋而鮮活。為了善忘的觀眾，悲劇一遍遍重演在地層的冊頁中。剛翻過權力形式的分水嶺，分封既除，東半球稍微冷卻，在版圖擠壓的過程中，倖存的平民像夏日野狗般喘息。戰爭收場，戟被收繳，耕地獲得罕有的鬆弛，像一張斷弦的弓，斷成兩截的絲仍然不能拿來織布。神經過度緊繃的始皇帝右手持著青銅劍，手指發麻，幾乎失去了知覺，這個被按了快進鍵的帝國依賴幻覺向前滾動。「時間，聚攏在我面前。」

始皇帝的讀白

終於，月亮不必再為偏袒哪國的
山川而自責，日月普及的物種
都臣服於我。我繼承而來的褊狹

領土從我的手心膨脹，面積
擴張著我，我像暴雪那般工作
抹掉了地圖上虛構的國境線，

我拙於拼圖遊戲，也嫌惡關稅
削矮了我嵬巍的形象，更擔憂
因文字不通用，在轉譯的過程中

歪曲我的心跡。一切都改觀了：
天帝授予我權柄，預言我王業的
石碑在每一處穿制服的山巔

被發掘，統一了車輪間的寬度，
咸陽的車輦可以在任意郡縣歸宿，
新頒佈的書令普及到東海之濱，

我禁用了各郡的方言，並設置
寫奏摺所能用的唯一語氣。
「孔丘的學問曾像外幣無法流通。」

我用雅語規訓剩下的方言
所培養的繁縟的大夫和雙關語。
我欠缺的僅僅是升仙之道。

「亡秦者胡」

被派往海外求仙的方士盧生
回到京城，「他一定是個跛子，
不然他遺留在岩頁中的筆跡

為什麼時重時輕。」始皇帝
在他求得的符命書中翻到
駭人的字句：「亡秦者，胡也。」

對胡族入侵的擔憂塞滿了咸陽，
蒙恬領著三十萬秦軍將戎狄逐遠，
可是風把岩石拍成沙礫懸停

在氣流中，捏造了數倍的假想敵。
「建一個籠子關起野獸，也可以
理解為藏身一頂巨籠截斷野蠻

不規則的衝鋒。」始皇下令
在監的犯人和貶謫的舊臣
以及所有的使節都被派往北陲

建一道屏障來隔絕蠻族的騷擾，
「舊日的外交官像闌尾般無用。」
他們白天防寇，晚上通宵

築牆，彷彿是在荒涼的星球上
等雪。「磚與磚用飢餓和詛咒
相黏，國家得以圈定在它的

形狀裡。」被皇權壓縮的進度表
加重了演員們的疲憊和辛酸的
濃度，長城像條刻入標語的錄音帶，

日夜不停地宣揚著始皇的
功績：「塞南的月光明亮而冰冷，
像件再也派不上用場的甲冑。」

對稱的宮殿

為了將光榮的旋律引入地下播放，
物化這榮耀，不知疲頓的始皇
為自己建了一座龐大的地下寢宮

安慰他靈魂的焦慮，作為對等物，
他決定建一座空中天堂來犒賞
他的身體。對歡愉的執迷奪走了

他的理智。「建一座宮殿安置我
收刮來的六國妃嬪，施展她們
沒落的血統。」宮殿必定壯麗，

貪婪地啜飲目光，它要求被看見，
是所有觀眾的目光建成了它。
宮殿寬廣，南北竟有不同的氣候。

從咸陽到渭南，腳掌可以不落地，
渭河從蜂房般密集的閣樓間穿過。
蜀地的山變得光禿，恰是咸陽

之外的蕭條，反襯了宮殿的華奢。
宮牆要足夠高才能防止這些
奴工的血腥從銳器之中溢出，

迴廊要足夠深才能消解他們的忿怨。
「建築不會因大雪而中斷，宮殿
像積雪在抬高的同時，秦嶺在變矮。」

「王在東南」

那是個凶年，冬天被響雷撕裂過。
始皇更害怕流星，「焦慮寄生於
天子」，盧生摸準了他這條軟肋。

「我懼怕索命的掃把星，但是
今年彗星頻仍，劃破氣層的防守
落在東南，它甚至不惜引發空難

以死亡本身來判決我，它露出
苦澀的內臟，在讖書上等待我
回應。」盧生說他測算出隕石的

落地點，但必須由天子將它帶回
咸陽，仍需要微行，以辟惡鬼。
那招搖的人是他的替身，匿名

替他品嘗過一支毒箭的敵意。
沒有車隊的始皇遍地巡遊，首次
體恤東南的荒蕪，釋放出憐憫

低溫的衝動，他發現帝國像顆
洋蔥，外表殷紅如盛世降臨，
越往裡剝，看見蔥瓣因束緊而

失血色，「不均處於同一時代的
切面。」「我曾過多地迷戀語言
設的陷阱，天子需要虛無的糾正，

所以我必須來看受戒的海，它
寬闊，沒有誰有資格做它的領土，
在大海邊，我才能說服自己。」

換幕

幕間插曲：始皇問海

我來看海，它的脈搏規律而無損，
它是時間的容器和旁觀者，
給每個朝代刻度，記載所有的

興盛和崩潰。「鹽醃過的記錄
永不腐爛。」大海有太多的版本，
始終在佯攻，看不透它的意圖，

直到我從諸謠言中醒悟，「它是
最暴力的辭令，能逃脫邏輯的
審判。」我在患失裡發胖，使得

帝國處於它的掌控之中。而大海
在其不間斷的自我懷疑中背書
它的永恆，可惜我明白得太遲。

難道我的經營註定像插曲那般
轉瞬？彗星不給我重新的機會，
悲哀的凡胎，一種不可逆的衰朽。

鹹魚製造者的自陳

權力的執棒落入我手，國境之內
能支使我趙高的人又減少了
一位。始皇臉上慣有的風暴之褶

被攤平，像井水般平靜。我篡改了
他邊境線般漫長而沮喪的遺言，
他的遺體在西行的涼車中，我代替

他降詔批簽，給諸皇子和功臣
賜死。「暮色似盛滿同情從咸陽
趕來，像是獲聞死訊的扶蘇。」

橫穿中原，長江和黃河像對輓聯，
「血液的腐敗早於肌肉，是我的
鼻子發明了臭味。」我建議新皇

帶車鹹鮭魚回都城以掩蓋越濃的
屍腐味，因為鮭魚能憑藉直覺導航
循迴牠的出生地，即便被剜去了

內臟和鰓。越過經線的弦，車隊
像群鮭魚，往西走，翻山越嶺。
「鹹魚的頭骨還有一點水分，足以

讓電荷游動循環，所以魚從頭
臭起。」這臭味合成的理論會占據
所有京媒的頭條，消息的體積

翻番，像麵糰發酵。一路平穩，
直到新皇登基，「消息之堤保住了」。
但滿城的人都淪為堰塞湖的人質。

追蝙蝠

繼承皇位的胡亥，常常向親寵抱怨
有黑影倒掛在他的夢中，內宮
被黑色籠罩，長城又使他夢的構造

封閉，夜夜反覆。「像一種飛鼠。」
蝙蝠，幾乎無視力，這唯一會飛的
哺乳動物越過宮牆，用聲波潛伏

於新皇的頭腦，採集他噩夢之中
不光彩的篡位情節，「每次夢裡，
他殺死自己的兄弟。」僅因為幻視，

他下詔除盡咸陽的蝙蝠，追絞
蝙蝠的洞穴，「這種四足的盲目怪獸
多邪惡，傳言能殺死亞洲象。」

甚至他決意要殺盡宮中穿黑色
外衣的動物。「黑色能迅速地繁殖
恐懼。」趙相，那位新帝的寵兒，

從內閣出來，監督營造始皇規劃的
藍圖。「它不能停止建築，否則
它就不存在了，因為它本是虛無，

類似於無腳鳥片刻不能停留在地面上。」
阿房宮也不能有蝙蝠，傍晚時分，
他差遣所有的犯人用火炬追捕牠們。

「項羽火燒阿房宮」

答非所問來掩飾遲鈍是他的擅長，
是夜，當趙相正低頭撰寫除黑的
邀功奏摺，一名衛兵吹著哨子衝進

他的營房帶來兩個消息：在建的
偏殿因為追蝙蝠而起火；項羽
帶來亂民正逼近潼關。消息蠶食著

版圖，像種命數，「烽煙四起，
像水將煮沸時不可抑制的氣泡。」
當他發現一顆雪梨表皮腐爛時，

它的芯早就爛透了。「那就刪除
帶來消息的人，好讓咸陽仍處穩固。
繃緊的帝國經不起外部的任何

一戳。」火像失控的瘟疫蔓延，
缺氧的肺腑是最殘忍的建築，
「這是宮殿的同時也是奧斯維辛，

又美又殘酷。」火像雪崩發生時
迅疾，像梨花頃刻落盡。「那是我
唯一一次目睹雪崩，它的白

像一種停止的喘息。」他給咸陽
去信，詳述項羽如何點燃阿房宮，
犯人們穿過門架逃出，未燒毀的

石門看上去多像是留給他的絞刑架。
它未完成的使命鼓勵著它的
入定，他要在奧斯維辛坍塌前描出

那句鑿刻在門架上的讖語：「這是
呼吸器官的災難，不被祝福的
生還者戴著口罩，分擔著雪崩的白。」

2020-2

真假美猴王三打白骨精考古雜誌

佈景師

普遍的焦灼沒有邊界，就像殘忍無法度量。東方沒有淨土，朝西望去，忍看沙漠飲下無數落日，須穿過塞滿星星遺骸的森林，路是唯一的，線路之精確，不容移改。路徑因為飽含自覺而醒目，如果遇到河，地圖上的線就斷了，需要用木樂去補上虛線，除非是冰封的冬季，那時戲中人不用為吃食發愁，慣以積雪為糧，吃雲的罐頭。菩薩看似惡作劇般的線路規劃，實則不能回避的練習，由苦難連綴而成的十萬裏道場就是修煉的課程，"形式即內容。"為捕獲一捆梵音，仿佛一位拾薪者為了回家而逆行深山。道路曲且長，似為魔鬼的貪婪而折彎拉伸。劇情必定存在於人物的交點，否則就像沒有遇上信徒而無聞爛掉的真理。

山神的俯視

前朝遺刻的輿圖上，漫漶的白虎嶺
曾是座樂園。如今，這裡蕪穢，
像是永劫之邦，純真的水都避開此山

遠流。外來的邪物盤聚，妖怪多是
天神弄丟的惡寵，這偏畸的野莽
是制度的真空，一切只憑妖力道行

虛擬的自治，本地不分季節地鐵灰，
像一家停產多年的中古水泥廠。
陰雲似蓋不散，彷彿被一枚圖釘扣住。

很多年，這土地從未結出果實。
窄路深埋在荊棘之中，而且危險
細長如引線。「山的唯一作用是

提示。」白虎嶺是關節，無法繞過。
一支東方探險隊像是磁石，吸引著
妖怪的鐵屑。他們的行蹤影響

貪念的分布，「在琴鍵上每踮一步，
都引來聲音捕捉我，活像一張
移動的靶。」他們像蟬，認定樹幹

黑色的指引。我認得領頭的齊天大聖，
祂身穿虎皮裙，金箍棒橫在肩上，
而非傳言中將其藏在蝸殼般的耳道裡。

歇力

「要麼在山頂，要麼在兩山之間
顛簸。」我們必須翻山，因為我
深知礦工作業的兇險。「娑婆世界的

苦難，發炎的人間，正是西行的
原由。」路窄如鯽魚背，我們
像練過雜技的雨立於其上而不滑落。

這裡是雷區，路灰暗如乾枯的蓮梗，
跌入亂棘鏤雕的叢蕪，荊棘齊眼高，
望不到去路，我剖出路來，像水流過

沙灘，手搭涼棚，視線盡頭的風景
將在氤氳變黑之前與我們匯合。
我的師傅是個書僧，志在取經，

做吠陀的譯工，轉述經卷裡的月光
之白，「我的工作就像照拂一枚卵。」
在荒野，他就像一頂蒙黑漆皮的燈籠，

連自己都無法照亮，如兩腳書櫃
儲存著不能表達的光，他慈悲在懷，
夜裡也不點燈，怕引來飛蛾自投，

只得在矩形的黑暗裡打坐，夜住曉行。
我們的落腳點總能引發妖怪的騷亂，
在他們目光的聚焦下，師傅的出現

總能兌現妖怪至深的天賦。在白虎嶺，
忽有烏雲濃密，黑挾持了雲偷運
新鮮的消息。師傅說要停下來歇腳，

並遞給我一個飢餓的缽，「它沒有把柄，
可以從任何方向執捏。」當我發現
有妖怪倒掛在雲端測聽我們的足音。

懷舊的雲端

有時候，我騰空得太快，重心跌出
身體以外。換個角度，我用單筒
望遠鏡編校了荒原的細節，野雲

足有萬畝，雲掩蔽山尖，山高到
連消息都無法翻越，我乘上
一朵雲，勾起我從前雲端的生活：

我是無花之果，由石頭胎生，餐露
而長，所以我得住在由因果積成的
山上，那兒布滿了因果的輪迴

主宰著傲來國，山澗水由天而落，
沒有源頭，卻遠通山腳之下，
直接大海之回湧，透支的海面沸揚，

似是人間的不平。所以我以枯松
編筏，往海外斜月三星洞求學，
播種，劈柴，學習灑掃進退之術。

修竹每每沾到雲，「它無筋骨，擔我
萬里。」我的衣著讓我看起來更像是
一朵移動的荊豆花，後來因為在井底

叫渴而被逐出師門。我從海底借來
金箍棒，它有被想像力征服的
不固定尺寸，事件引發了天庭訴訟。

我个喜歡天庭的年鑑，總是充塞著
偽裝的和睦。它的巨大虛假
數據需要一個炬陣服務器來擔負。

被鎮壓的童年

猴子都是二進制的，無腮，談吐
不經思考，最後捲進天庭風暴的
中央，被一道符鎮壓在兩界山。

五百年，顧影唯一，山中無人
與我共用郵政編號，我赤裸於山體
之內，它並沒有從牢籠變成懺悔室，

一滴經月光醃製的露水，只要是
聖潔的，就足以將我餵飽。
太陽固執地推移著山影，永不退役，

等日落月升接管山川，樹杈上染的
一點白光，減緩了我的不幸，
「月球明亮的部分負責供暖。」

我像條鯉魚，困在一灘淺窪裡，
「水域無論面積大小都是完整的，
與大海無異。」兩界山扣押著我，

聽憑內心的衝動被它的重荷壓制。
五百年，激情的漩渦在廢墟中
生成。卡在石頭之間，我有理由

懷疑世界的烏有，我最擔心法力
在冷酷的世上枯竭，像消磁一般。
單調無法驅逐，我整日假寐，

等一位東土和尚。換句話說，為了等
他的垂青以及換來自由的代價，
我成了緊箍咒的人質，幾乎是聖職。

候場的白骨精

我也曾是披香殿的良人，只不過
像我這樣沒有背景的仙班末等
自有幕布之後難以示人的苦澀。

每尊天神都只在乎自己的背光，
如果我不攀高，就會墜入底層的
長夜。為了躲過三災，我挑戰

運數，偷食舍利子之後，就逃離
兜率宮，藏身下界，被追殺
至死。因為舍利的庇佑，僅憑骷骨

我仍存活下來，我的白骨沒有血色，
像支沒有插放玫瑰的定窯梅瓶。
「骨頭是我的全部。」我要等待

一次返回肉身的機會，它是語言的
獵物。「獵物即墊腳石，助我走出
閻浮的監牢。」我是個卑微的捕手，

先前只敢貓在角落裡凝視。那猴頭
已被唐僧的飢餓支開去化緣，
我無限接近那顆長生果。無數次，

我盤算過他的身體，即便獵物腳步的
音階剛好組成我的斷頭臺。現在，
我整理好髮髻，準備躍入獵物之中。

豬八戒迎白骨精

那猴頭躍入雲空，為師傅化緣，
把我們滯留在這飢餓的荒蠻。
和往日一樣，我們像麻雀，乞求

煙火的施捨。我的大肚皮空空，
它鼓面邊緣的釘子一顆顆鬆脫，
像一張無風時，垂落的風帆，

我將一個瘋的聲音晾在空中。
「我們是那艘在胃裡擱淺停槳的
船，等待齋飯帶來腳力的潮汐。」

怎料荊叢冒出一位裙釵女，她眉黛
臉粉齒白唇紅，左手提著青砂罐，
提著綠瓷瓶的右手露出一截雪

般白的手臂，從西面向我們走來，
活像 一尊菩薩，她的父母一定是
苛刻的雕刻家，將她鑴刻得這般完美。

她的外貌更新了美的極值，激起了
我的凡心。她一個沒有足音的人，
徑直走向白馬旁的師傅。我放下釘耙，

佯裝斯文，但目光又不捨得從她的
手上鬆開，快步地，我迎上去，
心裡比白虎嶺的地形還要複雜三分。

第一棒

我缽盂裡托著的甜桃竟有落日的
色澤，我像后羿一樣打獵歸來。
雲的顏色暗示我有妖精聚攏在此，

八戒更像是陀螺的轉世，穿著
他的修飾走向深淵，他的嘴角
滴瀝著涎水，像無法關死的水龍頭。

他的絕望的伏虎者還不曾醒來，
這些食物，他們吃後會更加飢餓，
每個季節的風都有自己的音準

和因心切而露出的敗筆，她的美貌
和環境極不相稱，像次失敗的
偽裝。我喚醒我的武器直接對準妖怪

就是一棒，妖總在手段不足時現形。
「我的心裡不存在美與醜的界限，
只有人和妖的分別。」師傅的心被染了，

將要罰我。他的嘴唇組成一個咒的
口形，「緊箍咒只在他的口中存活。」
聲波的武器被動用，我頭腦裡塞滿了

神經的刺棒，空氣緊繃如沙僧的
擔繩，一頭擔著簽章密印的護照，
另一頭擔著群山嘸下的燙嘴的晚霞。

換形

那棒中像藏著霹靂，電荷掰開了我
和借來的美，我用出神之術逃開了。
它的電流接通我骨頭裡的金屬白，

我甚至聞到骨頭燒焦的氣味，白色
灌注我的回憶，統領著我無畏的意志。
第一次冒險也不算澈底失敗，至少

對外相的異見分裂了他們。為了
要在神仙薄上留名，雖然從心外取道
無疑是錯誤的，我仍要再次冒險

登場戲他一戲，「性命是我的賭注。」
換一個替身安置我的妄念，這一次
我要像竹節蟲那樣逃過鑒別的目光。

路這樣彎，為我贏得了換妝的空間。
我按落陰雲，搖身一變，化作老婦
在山間尋女，兩鬢如白雪，臉上布滿

荷葉褶，手持彎頭竹仗，在前坡
攔住師徒四人哭泣。仍然沒有半點
機會，還是被他發現了，這無關

我易容的技術，那猴子毫不理論，
舉棒就打，我閃神而出，留下
第二具屍首帶去連環套般的爭議。

決裂的第三棒

又是念咒。「這咒語就是道的化身，
越念越緊。」在八戒起鬨鬧著
要分行李的當口，妖精將故事的邏輯

補充得更完整，她化作一位老者
在坡底精確地計算著我們，必當
撞在他的設計裡，他身穿鶴衣，

有如彭祖的白髮，「其實並無分別，
心是相換不掉的背景。」他自稱
一生齋僧好施，修橋築路，手上的

數珠，口中的經文，分明撥動了
和尚的同感心。我喚來本地的山神
在雲端作證，不消幾句言語，

我又持棒劈過去，這一次她沒能
逃脫，留下一堆枯骨，萬花筒的字
停止旋轉而清晰：白骨夫人。

師傅丟了真心，聽不進我的解釋，
　心驅逐我。他嘗試再次念咒，
我沒有半點自我懷疑，咒語失效了，

在與舊我的決裂中，我獲得新生。
他翻下馬來，給我一紙斷絕書，
他不知道：信任是最好的避難所。

一個人的歌隊：白龍馬

悲劇的殘忍程度考驗著換幕搖臂
力的容量。真理難以被看見，
因為它沒有端由。虛像無窮盡，

因為史官開立的漆廠從未停產。
習氣像高山，是必須克服的難關，
所見妖怪不過是自己的心魔，

那朽骨一丘，補償著劇情的苦。
「白骨，實則語言變換的形式。」
白骨是大師兄自己換掉的骨，

白骨晉升為匿名的橋，渡我們
一程，在屍魔身上，我認出自己，
我曾經的面目也讓我羞愧難當。

西遊就是認清自己的方法，剜心的
手術，真心露出來的過程。
修行就像隻螞蟻從積滿晃動的

樹顛回到樹根之定，路過無數個
誘惑的枝枒。每過一劫，擔子
就無端地輕一些。回過頭，白骨嶺

化成一座寺廟。大師兄奔往花果山，
與過去告別，他會再次歸隊，
因為聖徒的成長無須任何補償。

吳承恩辭官當晚

從一場由三次打鬥織成的夢中醒來，
能伸縮的金箍棒變成了我手中的
禿筆，我的替身免於禁忌而擁有

無窮的力量，他像是檢查腹板的
船工，挑剔又正直，不容針眼之朽。
「長明燈照進神像乾枯的臉部裂縫。」

我的名字愧對這個時代，無恩可承。
遞交辭職信之前，我是長興縣丞。
官話比夢境讓我更疲勞，寄宿官邸的

年月，整日困於縣衙和脫線的公文，
盆栽的杜鵑枝條垂落，因我長久的
失真，好像防火牆內有根繫驢橛，

一副隱形的鐐銬，我像只被馴化的鈴鐺，
只被允許發出一種特定的高音。
超過二十年，我從未旅行，因為害怕

被縛的山河向我訴苦。我六十歲了，
我不願繼承仿造的生活，吃荒誕的
套餐。現在，我終於可以按照自己的

意志做夢，不需要貓著腰同冬烘的
上司請示和報告，我的一生用掉了
太多的雲梯，因為只能在夢中冒險。

「夢提供在現實中被剝奪的空間及其
附屬物。」夢的本質是複述。它不留
痕跡，像硝石過火後連灰都沒有遺留。

吳承恩辭官當晚

上司論黑暗的引力

吳縣丞的辭呈，這張紙片開啟了他
最後的未來，他苦悶，口若扁擔
那麼灰暗，像一顆沉入太湖底的星子。

苦悶沒有盡頭，像往一個無底的木桶中
傾倒所有心力。「是的，制度在夜晚
減緩了氧化。」脫去官袍的引力，

何等難度，因為惡有趣時的形容。
黑暗中有一種引力，像人站在光滑的
漏斗內壁上，不掙扎就落入後悔的

瓶中。我也被青袍所誤，大半生
都在修補天庭的失誤中度過，
彷彿在龜背上刮毛積一張過冬的氈毯。

繁昌之下的蕭條，油漆匠也無奈
花邊消息的匱乏，人間被寄生蟲
蛀空。我們一生都在往井裡挑雪，

沒能留下痕跡。捉弄我一生的機器，
讓我屈從的機器。我走進他的書房時，
他似乎剛從夢中醒來，坐在書箱的

圍攏中，歷經多少次失敗的彩排，
書托舉著他浮在一層看不見的
水面，他似乎品嘗到了自由的氧氣。

無限的行囊

決裂的返程在鍍銅的空氣之中發酵。
我要在紙堆中剔除綁著箭矢的
加急公文，它像在一個從未癒合的

豁口，我模仿外科醫生拆線，取出
本不屬於我的東西，悲哀的是官箋
判定讀書人的功名。為了節省行囊的

空間，我放飛了飼養在籠中的子規，
僅將牠的啼鳴收納到唯一的鏡中。
「鏡子是最大的容器，可以裝下所有

風景物件。」「鳥鳴的劑量是多少克
才能不啄碎鏡子又能游到鏡子的反面
扎根。」這面鏡子是我一生的積蓄，

我要回鄉開荒闢地，保持適當的飢餓，
它像針刺，讓我在世俗的頂點
保持羞恥，以免在虛空中崩潰失重。

我知道此刻仍有外來的目光陪伴著
我這畸零人。防火牆內因為牆外
錦衣衛的守夜而安寧，他盯視著我，

以職業的敵意。「當監視變成一種文學
批評。」在我身上潛伏，我能感覺到他
傲慢的呼吸從精細的錦緞之下湧出。

另一位捕手

審查出格的異端墨跡是我的工作，
像月亮，卡在麻木的三角牆上。
獵手沮喪的屏息和獵物的專注之間

是不均勻的燈光。「是獵物創造了
獵手。」我這逆光的獵手踮著腳，
像芭蕾舞演員，更小的接觸面讓我

保持清醒。「影子是另一條脊柱。」
星星不肯從我的瞳孔退去，像是
上官的叮嚀。儘管露水的半徑

像遞增的砝碼壓垂了我的眼瞼。
影子讓我難以入睡，因為純潔的月光
無法被法條調暗，月亮在我眼角

蓄養一座湖泊用於澄清自己。
二十年，我的獵物未曾走出官邸，
讓我的目光掉線。我要提防他

筆端不合時的表達，血液裡的叛逆
因子，他的腦袋是我鏡頭的死角。
我的一生就像在證偽。停滯在半空

成為我毀滅的方式，我擔憂的是，
我會不會像那位偷看的湯姆，因為
窺見過葛黛娃聖潔的身體而盲目。

一個人的歌隊：舉人家的書僮

我家先生本是一段晾乾的直木，
可為柱為梁，但他不願做一個官爵的
乞討者，他像塊未經火烤的土坯

在不仁的暴雨中仍能保全其形狀。
他慣於逃避，最後落得藏身於蝸殼。
常年的伏案文書讓先生目睛無光，

他被兩束垂直的光線釘坐在案前。
一紙辭呈將他與左道割裂，書房裡
曾經布滿監視的痕跡，但隱形的捕手

已隨潮汐退去，他從不信任公文
漂浮的幻覺，他要向西，回家，
不依賴地圖，他想回到天壤之間，

回歸人間的動盪，依靠人間的戰慄
維持血液的回路，觀世間之音
並刻錄於紙上，在時間的廢墟上

列出苦難的清單。「紙是位手術後的
病人，需要筆來投餵流體食物。」
他年過花甲，雖然四值功曹卸下他

肌肉的彈力，他踏上紙上的遠征，
攜帶著微縮的天堂，充滿朝氣。
先生說夢即戲仿，但不比現實虛假。

「飛的訣竅在於能把自己變輕。」
他像個反應堆，一顆純粹的星球在誕生。
一滴別處的雨落入天井的劇場。

重生

時代是持續的嚴冬，溫度從未鬆懈，
低垂的枝葉在夜露的彈性中甦醒。
不再聽從外面的秩序，我順從自己

走向權力的郊野，在無聞中知足，
學會用雲補我的百衲布衫，夢的拉鍊
就會再度露出裂縫，接受逃兵重新

入伍，它像是痛苦留給我的孳息。
從劫難的蛻變中獲得狂喜，對著鏡子，
我哈氣續寫一個夢，在紙上西遊，

搜集黑暗的標本。我棲居沸騰的
枝頭，享受詞語的浸潤，像塔頂的
旱柳緊緊地抓住青苔之下的磚縫。

「在一種主張棄世的建築上頑強地
活著。」身體被摧殘，拋入空中，
成為閃爍的星辰。對詛咒絕緣，

我才能無所畏懼，「咒語是最深的
顧慮。」有一隻不倦的猴子跳騰
在我日漸衰老的身體，他衍生了

我的存在，守護我卑微的磁場。
直到光明無阻礙附體，它是人間
最平凡的聖跡，為我塑一座金身。

2020-06

鑿空：張騫考古雜誌

佈景師

即便是西元前隆冬冷雨中的未央宮，承明殿依然是最醒目的
劇場。大殿裏寧靜得像是剛剛結束了一場辯論。武帝聽取了
廷臣的長篇述職：東南的叛亂平定，西南的饑荒和舞弊也已
除盡，北方與蠻族的戰爭已進入第七年，籠罩長安以西的未
知與氣霧多少和黃昏的降臨有關，膽怯到只剩下輪廓的侍女
細步走近點上蠟燭，作戰圖上的漢帝國版圖隨火苗晃動，劉
徹扶正冠冕，注視著國土隨火苗騰空而膨脹，如他所希望的
那樣。

劉徹：西望

匈奴是我一處容易復發的舊傷。
蠻族的騷擾使得邊境無法
田畜。我知道：再多的漢朝公主

也無法兌現本質的友誼，直到
糧食裝滿平民的穀倉，直到
串繫錢幣的麻繩因多年未動而爛絕。

向西望去，是我的祖先險些喪命的
白登城，我不願意重複他們的
絕望，剛才，奏摺復述了衛青

北推戰線的情報。明亮的消息讓我
忘記點燈，「西面，是個盲區。」
儘管我的將軍已奪回河套地區，

可我的視線仍被阻擋，那是漢語
未曾填充過的空間。「語言
是時間的起點。」我想起張騫，

十三年過去了，我在等他的回音。
寡言的侍女靠近我：「一片濕葉
貼在門檻上，露出顫抖的雙唇。」

張騫：覆命

「我回來得太遲了。」趁著匈奴
王庭的動盪，繞過帳篷密集的
宿地，我向南狂奔，逃脫回長安，

把殺戮聲拋卻在馬蹄之後，回歸
母語。儘管御賜旌節上的氂毛
幾乎脫光，我不得不感謝一路大雪

斷掉了可供匈奴人追蹤的痕跡。
「為了邊境的安寧。」那一年，
熱情組織著我的身體，奉命出使

匈奴以西，在大陸之內鑿一條縫，
追尋抱恨西遷的大月氏部落，
「彼時，我還未曾領悟告別的深義。」

兩萬里，用了十三年，兩次被俘。
我還記得當日，陛下送我們百餘人
使團離開長安，這麼多年，歷經

喪失，只剩下數人寥寥。「勞而
無功的十三年。」我只帶回了胡琴
的製作圖紙和無用的摩訶兜勒曲。

李延年：出塞

作為御用的樂師，我感謝使節大人
給漢族引進新的樂器和聲音。
作為回贈，請聽我即興的作品：

從長安出發，是寬闊的渭水流域，
隴西到祁連山東頭，綠色地毯
平淡而無多風險，山區離天更近，

培育更多的星相學家，但人煙的
密度為何在降低？「煙從灶起，
藕從蓮生。」玉門關以北的居民

將雪藏在地窖中作為家庭儲蓄，
這裡因為沒有語言的遍歷而原始，
行人以人畜骸骨及駝馬糞為路標，

這裡是冒險家的樂園，為了撕破
匈奴人的圍堵，使節遠征未知世界，
理解了群山是獲得了固定形式的浪。

風不會因為你是異鄉人而改變原則。

「不論路途多艱苦，我從末回望

未央宮的方向，我害怕永遠地失去她。」

西行回憶：熱的風

過了玉門關，我就是只有方向
而沒有線路可沿循的拓荒者。
熱浪缺乏律令的約束，掀動沙漠

之海，旱風揮打著駝鈴，石頭
因為擅長奔跑而成為新的物種。
沙梁組成的線條向西無限延伸，

一陣風拉開的帳幔使遠景的眉目
模糊得像是神的五官，改變了
沙梁的走勢，鬆軟的沙床隨時準備

吞噬我的使團，多虧了駱駝
蒲扇般的蹄，牠的腹側是鼓脹的
糧食，另一側，下墜的羊皮袋

裝的是水，雙峰之間橫置的是
茶葉和絲綢，有稜角的是烏黑
溫柔的鐵。高山反應叫我

如患重病一般，我的身體在下墜，
不僅僅因為衣服上掛滿風遞來的
砂礫的鉛袋。在被風填滿的雪谷，

我們以爆破音佐餐。我的譯官
嘴唇已經開裂，面對陌生的風物
也不多作介紹。隊伍的注意力

在熱風的升溫中下落，「我的
使團仍缺一位水手，他既能
鎮住沙浪，又使隊伍無動力滑行。」

囚徒的十年

即使有意避開散裝的帳篷和
羊群，走最隱蔽的荒石灘，
仍然沒能躲過匈奴騎兵的巡邏，

我的使團在減員後力盡被俘。
作為不可被征服的俘虜，我
被帶到蠻族王庭，沿著葉脈般的

水系而建的流動監獄，十一年，
我放羊又像羊一樣被監視，
打牧草、拾牛糞，居穹廬之下，

食腥羶之肉，收集山的走勢
和河的流向，等待監視的皮筋
鬆懈。即便日日浸於胡歌之中，

我西行的狂熱並沒有如電光
火石般即逝，我把它拘束
在我的身體裡沒有半點減損。

只要作為我精神支柱的旄節
仍然挺拔，我就有繼續西行的
理由，接續十一年前的遠征。

「雨，像援助那樣絕少。」在沙丘
和沙丘之間，只有荒石的海
沒有目的地堆積。沒有水沒有

先跡，無情的太陽想要奪走我
身上每一滴水分，口腔乾得
像塞滿了尖刺，無法吞嚥的晚霞。

通往赤谷城

穿越固執的冰封苔原，風如箭矢
帶著冰刃；翻過蔥嶺的屋脊
之後，我頻繁地遇見黃色鳶尾花，

那意味著冬天已經完結，是某日
溫和的落日把我帶到蔥嶺以西的
城市赤穀，一座沒有過去的城市，

不久前，才擁有固定的名字，
一個民族認定了此地作為浪流
結束的地方，它還沒來得及建築

城牆，是馬白色的呼吸保護著它。
白色的圓屋頂重複著白色的
圓屋頂，共同佐證城市的存在。

瀏覽此城沒有固定的線路，人跡
纏繞成團，亂如陌生的吐音，
我學習聾牙的外語和禮節，接受

事物的新命名。外邦人向我打聽，
豐饒的東方是否有一種天蟲，
能吐絲，織成帛——在那更西面的

羅馬，與黃金同價的絲綢，大執政官
穿絲綢外套引得整個羅馬驚歎：
那東方的絲織品光滑、輕柔、鮮豔。

那異域之城，諸神的雕像沉浸在弦樂
之中，到處是醇美的葡萄酒，
露天集市上可以見到以血為汗的

寶馬、雕刻精細的匕首和紋身女郎
伸出的戴滿寶石戒指的手。我身負
使命，不能耽溺這樣的奇遇。

李延年：入塞

「覆命的決心戰勝了享受逸樂的心，
回程那日朝霞的猶豫中多少含有
惜別的成分。」再次翻過冰封雪蓋的

蔥嶺。從沙漠的南邊回長安要安全
得多，也能遇到稍多的綠洲。
「綠洲是沙漠中一種反式的海。」

又一次短暫的囚禁只是小插曲，
十多年的高原生活，你已是頂尖的
星相學家，更多的未知已被揭祕，

從冒險家成為地理學家。由南道
入塞，你遇見更多的柳芽和梨花
潔白，回到鄉音的氣流之中，回到

圓月旗的陰翳之下。在未央宮的
登記簿上，你這樣備註：「那支
在太史令的雜誌裡兩次失蹤的使團。」

劉徹：鑿空

依靠想像，你像個曠工鑿空這大陸，
血肉之軀搭建的看不見的橋梁，
化身一只傳聲筒安置東西方物種的

心跳，打破了隔絕大陸的障壁，
讓長安和羅馬互相被看見，
讓我穿戴你的視線完成與西方的

初遇，讓我看一看你帶來的種子，
你要讓它們無拘束地施展各自的
法力，你有權給它們起全新的

名字。你的操作都是規範，你的
談吐均是文獻，你和我講一講西國
皇帝的兵力，講一講西方的神明

用什麼文字，聽什麼音樂，何種
梳妝、儀容和榮耀。「世界史的
第一頁，你開闢的路同絲綢般奪目。」

烏孫商賈：大觀園

我追隨大漢的使節從西域而來。
「條條大道通長安，我走的是
最新的一條。」我手中牽著汗血馬，

布袋裡是寶石、葡萄、苜蓿、
核桃、番茄、石榴的種子就要
掙破玻璃的器皿。街道如長卷，

長安像飽含分子的海綿，像記憶的
存儲器，存滿時間的切片，堆得
那麼高，那麼條理，就好像長安

是華夏歷史的總和，空間和時間
在這裡共同建築：護城河，兵營，
劇場，磨坊，絲綢鋪，鐵匠鋪，

鞍具店，鑄幣廠，皇宮。月亮
因為窺照一切而疲憊地抵著廊簷休息。
這雄偉永固的宮殿，這拱廊的弧度

多麼迷人。長安最大的特點
在於它是無法分割的。「長安有多
繁華，取決於觀眾記憶的容量。」

哥倫布：追尋冒險家的泰山

「你在人類記憶的硬盤那麼顯眼。」
相隔一千六百年，作為一名
義大利水手，我來得太遲了。

飄蕩在沒有時間刻度的海上，
那冒險家的泰山已攝走我的魂，
我在海上尋找你的起點，像找回

自己的影子，「為了一種雙循環，
畫出一種圓滿的線路。」
我計畫以印度為跳板，再往東

尋找東方的泰山，沿著黃河
直取長安，看另一種的海，水的
對應物。無數個夜晚，我的視線

在地圖上沿著你出使的路線
重複地模擬，我的手握著舵輪
不放，在潮濕的海上，當海浪

之刃圍剿我，我就像一隻寒蛾，

以絲綢之路乾燥的光芒為篝火

取暖，牠定將引燃東方的地平線。

2020-8

讀詩人139　PG2525

 考古雜誌

作　　者	葉　丹
責任編輯	洪聖翔
圖文排版	周妤靜
封面設計	盛醉墨
封面題簽	林軍波
封面完稿	蔡瑋筠

出版策劃　釀出版
製作發行　秀威資訊科技股份有限公司
　　　　　114 台北市內湖區瑞光路76巷65號1樓
　　　　　電話：+886-2-2796-3638　傳真：+886-2-2796-1377
　　　　　服務信箱：service@showwe.com.tw
　　　　　http://www.showwe.com.tw
郵政劃撥　19563868　戶名：秀威資訊科技股份有限公司
展售門市　國家書店【松江門市】
　　　　　104 台北市中山區松江路209號1樓
　　　　　電話：+886-2-2518-0207　傳真：+886-2-2518-0778
網路訂購　秀威網路書店：https://store.showwe.tw
　　　　　國家網路書店：https://www.govbooks.com.tw
法律顧問　毛國樑　律師
總 經 銷　聯合發行股份有限公司
　　　　　231新北市新店區寶橋路235巷6弄6號4F
　　　　　電話：+886-2-2917-8022　傳真：+886-2-2915-6275

出版日期　2020年12月　BOD一版
定　　價　200元

國家圖書館出版品預行編目

考古雜誌 / 葉丹著. -- 一版. -- 臺北市：釀出
版, 2020.12
　　面；　公分. -- (讀詩人；139)
　　BOD版
　　ISBN 978-986-445-432-7(平裝)

851.487　　　　　　　　　109019072

讀 者 回 函 卡

感謝您購買本書，為提升服務品質，請填妥以下資料，將讀者回函卡直接寄回或傳真本公司，收到您的寶貴意見後，我們會收藏記錄及檢討，謝謝！如您需要了解本公司最新出版書目、購書優惠或企劃活動，歡迎您上網查詢或下載相關資料：http:// www.showwe.com.tw

您購買的書名：＿＿＿＿＿＿＿＿＿＿＿＿＿＿＿＿＿＿＿＿＿＿＿

出生日期：＿＿＿＿＿年＿＿＿＿＿月＿＿＿＿＿日

學歷：□高中 (含) 以下　　□大專　　□研究所 (含) 以上

職業：□製造業　□金融業　□資訊業　□軍警　□傳播業　□自由業
　　　□服務業　□公務員　□教職　　□學生　□家管　　□其它＿＿＿＿

購書地點：□網路書店　□實體書店　□書展　□郵購　□贈閱　□其他

您從何得知本書的消息？

　□網路書店　□實體書店　□網路搜尋　□電子報　□書訊　□雜誌

　□傳播媒體　□親友推薦　□網站推薦　□部落格　□其他＿＿＿＿＿＿

您對本書的評價：（請填代號　1.非常滿意　2.滿意　3.尚可　4.再改進）

　封面設計＿＿＿　版面編排＿＿＿　內容＿＿＿　文／譯筆＿＿＿　價格＿＿＿

讀完書後您覺得：

　□很有收穫　□有收穫　□收穫不多　□沒收穫

對我們的建議：＿＿＿＿＿＿＿＿＿＿＿＿＿＿＿＿＿＿＿＿＿＿＿

＿＿＿＿＿＿＿＿＿＿＿＿＿＿＿＿＿＿＿＿＿＿＿＿＿＿＿＿＿＿＿

＿＿＿＿＿＿＿＿＿＿＿＿＿＿＿＿＿＿＿＿＿＿＿＿＿＿＿＿＿＿＿

＿＿＿＿＿＿＿＿＿＿＿＿＿＿＿＿＿＿＿＿＿＿＿＿＿＿＿＿＿＿＿

11466
台北市內湖區瑞光路 76 巷 65 號 1 樓

秀威資訊科技股份有限公司　　　收

BOD 數位出版事業部

....

（請沿線對折寄回，謝謝！）

姓　　名：＿＿＿＿＿＿＿＿＿　年齡：＿＿＿＿　性別：□女　□男

郵遞區號：□□□□□

地　　址：＿＿＿＿＿＿＿＿＿＿＿＿＿＿＿＿＿＿＿＿＿＿＿

聯絡電話：(日) ＿＿＿＿＿＿＿＿＿＿　(夜) ＿＿＿＿＿＿＿＿＿＿

E - m a i l：＿＿＿＿＿＿＿＿＿＿＿＿＿＿＿＿＿＿＿＿＿